AF331660

LE
VRAI ROYALISTE,

OU L'HOMME

DIGNE DE PORTER CE NOM.

A PARIS,

CHEZ LE NORMANT, IMPRIMEUR-LIBRAIRE,

RUE DE SEINE, N° 8. (F. S. G.)

MDCCCXX.

LE VRAI ROYALISTE,

L'HOMME DIGNE DE PORTER CE NOM.

Je ne suis point guidé par l'envie de faire connoître mon opinion, encore moins d'en créer une nouvelle; je voudrois, au contraire, en diminuer le nombre; et réunir en une seule toutes ces nuances, qui ne diffèrent entre elles que par le peu de soin que nous apportons à être d'accord avec nous-mêmes, point essentiel à la cordialité de nos opinions. Ma démence ne va pas jusqu'à vouloir réparer de tels torts; mais, aidé de l'impartialité la plus sévère, je voudrois prouver que le vrai royaliste, que chacun admet exclusivement dans son parti, est moins une opinion que le strict accomplissement de ses devoirs.

J'ai consulté tous les partis : tous se disoient royalistes. Connoît-on la valeur de ce mot, et à quoi il nous engage? Je cherche à en pénétrer le mystère; je veux le séparer du chaos qui le rend incompréhensible à nos yeux, me réservant le soin de l'entourer des marques qui pourroient le faire reconnoître, après avoir rappelé en sa faveur les titres sacrés dont il s'honore.

Je l'ai demandé à ces libéraux forcenés qui, faisant abnégation de ce qu'ils doivent à l'Etat, et de ce qu'ils se doivent à eux-mêmes, ne rougissent pas de chercher leurs prosélytes dans les plus basses classes; c'est en prêchant cette égalité dont les premiers font sentir le poids, qu'ils enchaînent davantage ceux auxquels ils promettent la liberté. C'est par ces moyens de séduction qu'ils pénètrent de ces idées libérales, présages certains des révolutions, les malheureux dont ils ont eu l'adresse de fasciner les yeux. Ils parlent au paysan des droits sacrés du citoyen, de ces droits, dit-on aujourd'hui, si méconnus. Quels sont-ils? et quelle nation au monde en jouit plus libéralement que la France? Les lois, comme une seconde mère, doivent assistance, protection à ce que vous appelez le citoyen, doivent veiller à son bonheur et à sa prospérité; mais de quels soins, de quels égards ce dernier n'est-il pas redevable envers l'Etat qui le couvre, pour ainsi dire, de son égide tutélaire? De quels sacrifices même? A ce mot de sacrifices je les vois consternés, et, numérant leurs impôts, en faire déjà valoir la charge. Détrompez-vous; ils ne sont pas de cette nature ceux que l'on

exige de vous : ferme contre la séduction, dé-
jouant les projets des ennemis de l'Etat, et ne
pas insulter à la misère publique par de feintes
et perfides souffrances ; voici les devoirs d'un
bon Français, d'un bon compatriote, et ce
n'est que son devoir.

Qui pourroit légitimer la conduite de ces
hommes qui excitent votre ambition par l'ap-
pât des richesses ou emplois que vous êtes en
droit d'acquérir ? Aussi bas que leurs desseins,
ils vous mettent en avant pour coopérer à ce
qu'ils appellent leur grande œuvre ; vous pen-
sez agir pour le bien général, et vous vous
engagez dans un complot sourdement suscité
pour servir une haine de parti. Vous reconnoî-
trez votre erreur quand il n'en sera plus temps,
et lorsque vous aurez appelé sur vos têtes la
vengeance des lois et l'horreur des honnêtes
gens. Mais ils trouvent parmi vous de zélés
partisans de toute nouvelle doctrine, qui de-
viennent bientôt l'écho de leurs principes révo-
lutionnaires : alors ils disent hautement que c'est
le peuple tout entier qui réclame ; et que c'est
en leurs mains qu'il a remis le soin de défendre
ses droits, et d'assurer ses prérogatives. Qui
pourroit rapporter les menées, les subterfuges
qu'ils emploient pour se créer des partisans,
pour faire passer dans tous les cœurs la haine

invétérée qu'ils portent à ceux qu'un jeu de mots a qualifiés du nom d'*ultra?* Pourquoi leur ressentiment est-il si grand? C'est qu'ils voient et verront toujours en ces mêmes hommes des juges rigoureux, des témoins véridiques, dont la conduite sans tache, toujours esclave de l'honneur et du devoir, est un reproche à leurs yeux.

Pourquoi donc s'étonner de voir se propager si promptement une opinion dont les bases, je suis forcé de l'avouer, répondent aux inté-rêts particuliers des sortes de gens qui la composent? Que devons-nous attendre de ces hommes qui, n'écoutant qu'un sordide intérêt, lui sacrifièrent tout, et ne rougirent pas de se rendre possesseurs, en première main, des biens de ceux qui, suivant la voix de l'honneur et de leur devoir, coururent se ranger sous le seul étendard qui étoit levé contre le fanatisme de la révolution? Gémissant sur le passé, je ne chercherai jamais à en rajeunir le souvenir; seulement, je voudrois ne pas voir à chaque instant ces mêmes hommes se forger des complots qui, rendus effrayans dans leur imagination, les leur représentent sous un aspect qui ne tendroit qu'à les dépouiller d'un bien dont la possession leur est légitimée par les lois.

Ce n'est point que mon intention soit de

rendre responsables tous les libéraux de la tache d'une foible partie; grâces à Dieu, de tels hommes sont en petit nombre, comparés à la masse générale; mais ajoutez-y tous les mécontens, comme le sont toujours ceux qui ne regardent jamais au-dessous d'eux, et toujours au-dessus, et qui n'ont déjà que trop de penchant à voir un but d'oppression dans les moindres mesures; ceux dont le seul crime est de partager une opinion dont ils ignorent les bornes : la foiblesse ou l'ignorance leur en ont fait adopter les principes, sans y chercher aucun éclaircissement. Plaignons-les : ils ressemblent à ces machines dont on fait mouvoir les ressorts, et qui suivent l'impulsion qui leur a été donnée; ajoutez-y, dis-je, tous ces hommes foibles ou méchans, et vous aurez cette portion du peuple qui se dit la majorité, et qui n'est, à bien prendre, que l'écume de la nation.

Alors les mots d'arbitraire, de féodal, ne seront plus ménagés : on veut, leur dira-t-on, vous ramener à ces temps de trop longue et humiliante mémoire, où le noble seul étoit quelque chose; et, leur faisant sentir avec force l'abus désastreux qu'entraîne toute extrémité, on les pénétrera d'horreur pour les nobles; et, comprenant dans l'arbitraire tout ce qui est revêtu de la puissance, ils porteront la haine

jusqu'au pied du trône, où ils seront compri-
més par la crainte plus que par le respect en la
personne du Roi.

Quoi! se croiroit-on en droit de me dire,
est-ce là l'impartialité que vous avez annoncée?
et, en paroissant vouloir seulement approfondir
les opinions, hors la vôtre, vous n'en avez pas
admis une qui puisse être adoptée avec sincé-
rité de conscience. Pardonnez-moi ; on connoît
des libéraux trop recommandables par leur
conduite, trop dévoués à la cause du Roi et
au bien de leur pays, pour leur faire l'injure
de douter un instant de leurs sentimens. Un
honnête homme peut se tromper, et c'est le
chagrin que nous éprouvons à les voir journel-
lement confondus dans un parti avec lequel ils
sont si peu faits pour s'entendre, qui nous a
engagé à élever notre voix. C'est en leur mon-
trant avec quels hommes ils sont liés; quels
sont ceux qui se servent de leurs noms comme
d'une égide, pour agir inpunément à l'abri du
respect qu'ils inspirent, que j'espère leur voir
faire un retour sur eux-mêmes, et envisager la
profondeur du précipice qui est ouvert sous
leurs pas.

Je suis bien loin cependant de vouloir tran-
cher arbitrairement sur chaque opinion. Si,
répondant à ma question, un honnête homme,

connu pour tel, et que l'on ne pourroit accuser d'envisager exclusivement ses intérêts, m'assuroit qu'il étoit vrai partisan de ces idées libérales, j'avoue qu'intérieurement je serois tenté de croire que je suis dans l'erreur, si je n'avois la ferme et inébranlable conviction que les bases de cette opinion ne peuvent s'augmenter qu'au détriment de son Roi et de son pays. Voici deux grands mots auxquels se rattachent indistinctement tous les partis, et qui trop souvent ne sont employés que pour servir d'excuses à ces erreurs condamnables que, par indulgence, quelques-uns appellent fausses spéculations politiques. Le premier m'inspire trop de respect pour hasarder d'en porter un jugement peut-être téméraire; je vais chercher à éclaircir le second.

Sous tout autre gouvernement que représentatif ou constitutionnel, je pense que l'on ne scroit pas étonné de m'entendre définir le mot pays ou patrie par deux choses : le Roi et le peuple; mais maintenant qu'une réunion de pouvoirs a tempéré la puissance royale, ce n'est plus le Roi et le peuple, c'est le gouvernement : le Roi y tient la première place, et doit seulement en sanctionner les volontés combinées, et les entourer de l'éclat que répand toujours la dignité royale. Ajoutez-y les ministres, l'influence des Chambres, et vous aurez ce que l'on appelle présentement gouvernement ou patrie.

Certes, si je vais demander à ces hommes qui nous ont montré tant de fois qu'à leurs yeux, le Roi n'étoit pas la patrie; si je vais leur demander, dis-je, où je dois la voir cette patrie? me répondront-ils que c'est le sol qui m'a vu naître, ou bien ce corps immense d'individus de toutes classes, de toutes conditions, guidés par des mobiles différens, qui doit me représenter ce que j'appelle ma patrie? Peut-être auroient-ils raison dans ce dernier cas ; si, au lieu de séparer continuellement les intérêts du Roi d'avec ceux de la nation, je les voyois réunir toutes les parties de cette grande société pour en augmenter la force. Les intérêts de la nation sont défendus et maintenus par le Roi; ceux du Roi sont dans le bonheur de la nation; comment donc oser les séparer? Nécessaires l'un à l'autre, leur existence n'est qu'une longue réciprocité. Mais par quels moyens prouver à ces hommes si intéressés à méconnoître le Roi et la patrie, que c'est dans leur parfait accord que nous pouvons espérer cette tranquillité générale, cette confiance mutuelle, garantie d'un Etat réellement libre; car la liberté n'est pas où l'on a secoué le joug, mais bien où l'on sait jouir paisiblement des avantages qui nous sont offerts par des lois sages, dont on ne cherche pas à ébranler l'autorité? Voici la vraie liberté, la seule qui puisse être reconnue sans attaquer les prérogatives du trône; qu'ils cherchent ailleurs cette situation indépendante, ce fantôme de la liberté qui, dépouillé de son artifice, reste le jouet des cupidités humaines; et qu'ils se contentent de jouir de leur illusion sans chercher à la faire partager.

J'aurois cru inutile de m'étendre davantage sur ce sujet, si je n'avois encore des sophismes à combattre. Trop heureux si je pouvois éclairer le jugement de ces hommes qui ne savent s'ils doivent manifester leur étonnement par l'admiration ou le mépris, en voyant les plus zélés partisans de ce prétendu libéralisme, de cette égalité feinte, devoir tous, par leur position, désirer moins que personne l'accomplissement des mesures qu'ils paroissent provoquer! C'est pourtant un excès d'hypocrisie bien facile à démasquer, et c'est justement parce qu'ils sont au-dessus de la sphère sur laquelle pourroient peser les conséquences de cette égalité, qu'ils en craignent moins les effets. Ils ne sont pas assez impolitiques pour s'embarrasser eux-mêmes dans leurs propres filets, et de plus, ayant atteint cette élévation, à laquelle le concours

des circonstances les a portés autant que leur
propre mérite, et rabaissant à la hauteur du com-
mun ceux qui pouvoient les approcher et les sur-
passer, ils augmentent de leur cendre politique
la distance qui les sépare du reste des hommes.

Il existe encore une classe de personnes
dont la seule puissance atteste la pauvreté
d'un gouvernement : n'étant pas nées dans
un rang où l'éclat du nom éclipse celui des
richesses et ne laisse entrevoir d'autre honneur
que d'être utile à son pays, et voulant cependant
atteindre le degré auquel ces hommes se
croient en droit de prétendre par leur fortune
et leur crédit, ils ont cherché et trouvé le
moyen de se rendre indispensables à l'Etat.
Après avoir passé une grande partie de leur
vie à amasser des biens, ils sont étonnés et
même jaloux des préférences accordées à ceux
qui, à l'exemple de leurs ancêtres, ont tout
sacrifié pour acquérir l'honneur et la vraie
gloire; il est tout simple de les entendre prê-
cher la liberté, demander l'égalité des personnes,
de l'individu proprement dit. Quand ils auront
éteint ce qu'ils appellent l'aristocratie de la
noblesse, ils éleveront celle des richesses. Certains alors des distinctions qu'elle leur laissera
toujours aux yeux des sots, ils jouiront com-
plètement des hommages et des respects dont

l'existence n'auroit jamais été connue, si elle avoit dû être inspirée par eux.

Je pourrois encore passer en revue quelques fractions d'opinions qu'il faut mieux laisser dans l'oubli; je pourrois chercher à peindre, quoiqu'imparfaitement, ces doctrinaires, hommes à systèmes, qui, suivant minutieusement les principes qu'ils ont créés, ne connoissent rien de trop affreux, comparé à la moindre modification, et auxquels les deux extrémités paroissent préférable à un juste milieu.

Mais, à quoi bon m'éloigner autant de la route que je me suis tracée? Pourquoi me créer des difficultés, et prolonger une discussion qui peut se résoudre en deux mots? Je cherche le vrai royaliste, et pour ne pas m'abuser, je le considère non seulement dans son opinion, mais je le mets en rapport avec sa position, seule manière de bien établir les nuances; car il est beaucoup de gens dont la position seule a fait l'opinion : il peut être dans toutes les classes de la société; et, pour le juger bien sainement, il seroit bon de descendre jusqu'à la vie privée de l'homme; celui de la plus basse condition, qui remplit rigoureusement ses devoirs de bon citoyen, est bon royaliste, et par cela même est plus utile à la patrie, dans son obscurité, que ceux d'une classe plus élevée, qui se croient obligés de se mettre en avant, èt de prendre part aux affaires de l'Etat pour améliorer ou influencer l'opinion publique.

Mais, c'est la manie du siècle actuel : l'artisan, oubliant son travail, se croit indispensable aux décisions du gouvernement, dont il change la forme à son gré, et engendre par là tous ces bruits, toutes ces nouvelles qui, fermentant dans l'esprit du peuple, le tiennent dans une agitation toujours continuelle et nuisible à la tranquillité générale.

Qu'arrive-t-il, enfin ? Voulant balancer les pouvoirs du trône, le peuple envoie des représentans chargés de faire valoir ses droits. Le démon de la politique, la haine de parti président à ce choix ; les titres d'honnête citoyen, d'homme intègre, ne sont que de vains préjugés ; et, pour rendre complet le tableau de nos dissensions civiles, la préférence est accordée à ceux qui, par - dessus tout, peuvent justifier d'une exaspération fondée sur des motifs assez graves pour en garantir la durée et la force.

Ce n'est pas une assemblée où l'on vient discuter les intérêts de la nation, c'est un champ de bataille qui offre peu de facilité pour servir les haines particulières, en paroissant se sacrifier à la cause générale. Appelés pour s'éclairer mutuellement , pour faire connoître le secret de remédier aux maux publiques, ils oublient devoir, vérité, conscience , et sacrifient tout au moindre dépit de leur amour-propre : le voilà, ce mobile de toute notre existence, de toutes nos actions, qui suffiroit seul pour masquer la vérité à nos yeux, si elle ne nous étoit pas favorable? Comment donc la connoître, si nous ne nous connoissons pas nous-mêmes ; la seule manière de parvenir à ce but est d'être un juge sévère de notre conscience, s'en défier même quelquefois, en sonder toutes les foiblesses ; et si, malgré ces précautions, nous sommes encore dans l'erreur, nous aurons du moins la satisfaction d'avoir agi dans toute la franchise de notre cœur ; motif suffisant lorsque nous n'avons que nos intérêts à compromettre, mais qui n'est pas excusable vis-à-vis ceux des autres. Et si, pour couronner l'œuvre, chacun se mêloit un peu moins des affaires du gouvernement, et s'attachoit davantage à remplir ses devoirs généraux, nous aurions moins de sujets de peine, moins d'opinions, et plus de royalistes.

Le Roi et le peuple, tout y gagneroit ; et peut-être nous seroit-il encore permis de réaliser les espérances du bonheur!... Espérances qui feroient dire au vieillard, organe du Ciel, et dont le dernier soupir viendroit expirer sur les

lèvres : « Oh! mes amis, je meurs tranquille
» sur votre sort; vous avez le vrai honheur,
» celui qui renaît de l'avenir. »

IMPRIMERIE DE LE NORMANT, RUE DE SEINE.